청록집

청록집

박목월 조지훈 박두진 지음

한국 시집 초간본 100주년 기념판 — 하늘

일러두기

1. 이 책의 텍스트는 1946년 6월 6일에 발행된 『청록집』의 초간본이다.
2. 표기는 원칙적으로 현행 맞춤법에 따랐다. 그러나 특별한 시적 효과와 관련된다고 판단되는 경우는 원문의 표기를 그대로 두었다.
3. 한자는 한글로 고치되, 꼭 필요한 경우는 괄호 처리 하였다.
4. 원주는 해당 시의 마지막 부분에, 편자 주는 모두 권말에 후주로 처리하였다.
5. 한 편의 시가 다음 면으로 이어질 때 연이 나뉘면 첫 번째 행 상단에 줄 비움 기호(＞)를 넣어 구분하였다.

박목월 편

조지훈 편

박두진 편

박목월 편

임

내사 애달픈 꿈꾸는 사람
내사 어리석은 꿈꾸는 사람

밤마다 홀로
눈물로 가는 바위가 있기로

긴 한밤을
눈물로 가는 바위가 있기로

어느 날에사
어둡고 아득한 바위에
절로 임과 하늘이 비치리오

윤사월

송홧가루 날리는
외딴 봉우리

윤사월 해 길다
꾀꼬리 울면

산지기 외딴집
눈먼 처녀사

문설주에 귀 대고
엿듣고 있다

삼월

방초봉(芳草峰) 한나절
고운 암노루

아랫마을 골짝에
홀로 와서

흐르는 냇물에
목을 축이고

흐르는 구름에
눈을 씻고

열두 고개 넘어가는
타는 아지랑이

청노루

머언 산 청운사(靑雲寺)
낡은 기와집

산은 자하산(紫霞山)
봄눈 녹으면

느릅나무
속잎 피어 가는 열두 굽이를

청노루
맑은 눈에

도는
구름

갑사댕기

안개는 피어서
강으로 흐르고

잠꼬대 구구대는
밤 비둘기

이런 밤엔 저절로
머언 처녀들……

갑사댕기 남끝동
삼삼하구나

갑사댕기 남끝동
삼삼하구나

나그네

—술 익는 강마을의 저녁노을이여—지훈

강나루 건너서
밀밭 길을

구름에 달 가듯이
가는 나그네

길은 외줄기
남도 삼백 리

술 익는 마을마다
타는 저녁놀

구름에 달 가듯이
가는 나그네

달무리

달무리 뜨는
달무리 뜨는
외줄기 길을
홀로 가노라
나 홀로 가노라
  옛날에도 이런 밤엔
  홀로 갔노라

맘에 솟는 빈 달무리
둥둥 띄우며
나 홀로 가노라
울며 가노라
  옛날에도 이런 밤엔
  울며 갔노라

박꽃

흰 옷자락 아슴 아슴
사라지는 저녁답
썩은 초가지붕에
하얗게 일어서
가난한 살림살이

자근 자근 속삭이며
박꽃 아가씨야
박꽃 아가씨야
짧은 저녁답을
말없이 울자

길처럼

머언 산 굽이굽이 돌아갔기로
산 굽이마다 굽이마다
절로 슬픔은 일어……

보일 듯 말 듯 한 산길

산울림 멀리 울려 나가다
산울림 홀로 돌아 나가다
……어쩐지 어쩐지 울음이 돌고

생각처럼 그리움처럼……

길은 실낱 같다

가을어스름

사늘한 그늘 한나절
저물 무렵에
머언 산 오리목(木) 산길로
살살살 날리는 늦가을 어스름

숱한 콩밭 머리마다
가을바람은 타고
청석(靑石) 돌담가로
구구구 저녁 비둘기

김장을 뽑는 날은
저녁밥이 늦었다
가느른 가느른* 들길에
머언 흰 치맛자락
사라질 듯 질 듯 다시 보이고
구구구 구구구 저녁 비둘기

연륜

슬픔의 씨를 뿌려 놓고 가버린 가시내는 영영 오지를 않고…… 한 해 한 해 해가 저물어 질 고운 나무에는 가느른 가느른 핏빛 연륜이 감기었다
(가시내사 가시내사 가시내사)

목이 가는 소년은 늘 말이 없이 새까만 눈만 초롱 초롱 크고…… 귀에 쟁쟁쟁 울리듯 차마 못 잊는 애달픈 애달픈 웃녘 사투리 연륜은 더욱 새빨개졌다
(가시내사 가시내사 가시내사)

이제 소년은 자랐다 굽이굽이 흐르는 은하수에 꿈도 슬픔도 세월도 흘렀건만…… 먼 수풀 질 고운 나무에는 상기 가느른 가느른 핏빛 연륜이 감긴다
(가시내사 가시내사 가시내사)

귀밑 사마귀

잠자듯 고운 눈썹 위에
달빛이 내린다
눈이 쌓인다
옛날의 슬픈
피가 맺힌다

어느 강을 건너서
다시 그를 만나랴
살눈섭* 길슴한
옛사람을

산수유꽃 노랗게
흐느끼는 봄마다
도사리고 앉은 채
도사리고 앉은 채
울음 우는 사람
귀밑 사마귀

춘일(春日)

여기는 경주
신라 천년……
타는 노을

아지랑이 아른대는
머언 길을
봄 하루 더딘 날
꿈을 따라가면은

석탑 한 채 돌아서
향교 문 하나
단청이 낡은 대로
닫혀 있었다

산이 날 에워싸고

—남령(南嶺)에게

산이 날 에워싸고
씨나 뿌리며 살아라 한다
밭이나 갈며 살아라 한다

어느 짧은 산자락에 집을 모아
아들 낳고 딸을 낳고
흙담 안팎에 호박 심고
들찔레처럼 살아라 한다
쑥대밭처럼 살아라 한다

산이 날 에워싸고
그믐달처럼 사위어지는 목숨
그믐달처럼 살아라 한다
그믐달처럼 살아라 한다

산그늘

장독 뒤 울 밑에
모란꽃 오므는 저녁답
목과목(木果木) 새순 밭에
　산그늘이 내려왔다
　워어어임아 워어어임

길 잃은 송아지
구름만 보며
초저녁별만 보며
밟고 갔나
무질레밭 약초 길
　워어어임아 워어어임

휘휘휘 비탈길에
저녁놀 곱게 탄다
황토 먼 산길이사
피 먹은 허리띠

워어어임아 워어어임

젊음도 안타까움도
흐르는 꿈일다
애달픔처럼 애달픔처럼 아득히
상기 산그늘은 내려간다
워어어임아 워어어임

워어어임: 경상도 지방에서 멀리 송아지 부르는 소리.

조지훈 편

봉황수(鳳凰愁)

벌레 먹은 두리기둥 빛 낡은 단청 풍경 소리 날아간 추녀 끝에는 산새도 비둘기도 둥주리를 마구 쳤다. 큰 나라 섬기다 거미줄 친 옥좌 위엔 여의주 희롱하는 쌍룡 대신에 두 마리 봉황새를 틀어 올렸다. 어느 땐들 봉황이 울었으랴만 푸른 하늘 밑 추석(甃石)을 밟고 가는 나의 그림자. 패옥 소리도 없었다. 품석(品石) 옆에서 정일품(正一品), 종구품(從九品) 어느 줄에도 나의 몸 둘 곳은 바이없었다. 눈물이 속된 줄을 모를 양이면 봉황새야 구천에 호곡하리라.

고풍의상

하늘로 날듯이 길게 뽑은 부연* 끝 풍경(風磬)이 운다.

처마 끝 곱게 늘인 주렴에 반월이 숨어

아른아른 봄밤이 두견이 소리처럼 깊어 가는 밤

고와라 고와라 진정 아름다운지고

파르란 구슬빛 바탕에

자줏빛 회장을 받친 회장저고리

회장저고리 하얀 동정이 환하니 밝도소이다.

살살이 퍼져 내린 곧은 선이

스스로 돌아 곡선을 이루는 곳

>

열두 폭 긴 치마가 사르르 물결을 친다.

치마 끝에 곱게 감춘 운혜(雲鞋) 당혜(唐鞋)

발자취 소리도 없이 대청을 건너 살며시 문을 열고

그대는 어느 나라의 고전(古典)을 말하는 한 마리 호접

호접인 양 사풋이 춤을 추라 아미를 숙이고……

나는 이 밤에 옛날에 살아

눈 감고 거문고 줄 골라 보리니

가는 버들인 양 가락에 맞추어

흰 손을 흔들어지이다.

무고(舞鼓)

진주 구슬 오소소 오색 무늬 뿌려 놓고
긴 자락 칠색 선(線) 화관 몽두리.

수정 하늘 반월 속에 채의(彩衣) 입은 아가씨
피리 젓대 고운 노래 잔조로운 꿈을 따라

꽃구름 휘몰아서 발아래 감고
감은 머리 푸른 수염 네 활개를 휘돌아라

맑은 소리 품은 고(鼓) 한 송이 꽃을
호접의 나래가 싸고 돌더니

풀밭에 앉은 나비 다소곳이 물러가고
꿀벌의 날개 끝에 맑은 청 고(鼓)가 운다.

은 무지개 너머로 작은 별 하나
꽃수실 채색 무늬 화관 몽두리.

낙화

꽃이 지기로서니
바람을 탓하랴.

주렴 밖에 성긴 별이
하나 둘 스러지고

귀촉도 울음 뒤에
머언 산이 다가서다.

촛불을 꺼야 하리
꽃이 지는데

꽃 지는 그림자
뜰에 어리어

하이얀 미닫이가
우련 붉어라.

>

묻혀서 사는 이의
고운 마음을

아는 이 있을까
저어하노니

꽃이 지는 아침은
울고 싶어라.

피리를 불면

다락에 올라서
피리를 불면

만 리 구름길에
학이 운다.

이슬에 함초롬
젖은 풀잎

달빛도 푸른 채로
산을 넘는데

물 위에 바람이
흐르듯이

내 가슴에 넘치는
차고 흰 구름.

>

다락에 기대어
피리를 불면

꽃비 꽃바람이
눈물에 어리어

바라뵈는 자하산(紫霞山)
열두 봉우리

싸리나무 새순 뜯는
사슴도 운다.

고사(古寺) 1

목어를 두드리다
졸음에 겨워

고운 상좌 아이도
잠이 들었다.

부처님은 말이 없이
웃으시는데

서역 만 리 길

눈부신 노을 아래
모란이 진다.

고사 2

목련꽃 향기로운 그늘 아래
물로 씻은 듯이 조약돌 빛나고

흰 옷깃 매무새의 구층 탑 위로
파르라니 돌아가는 신라 천년의 꽃구름이여

한나절 조찰히 구르던
여울 물소리 그치고
빈 골에 은은히 울려오는 낮 종소리.

바람도 잠자는 언덕에서 복사꽃잎은
종소리에 새삼 놀라 떨어지노니

무지갯빛 햇살 속에
의희한* 단청은 말이 없고……

완화삼(玩花衫)

—목월에게

차운* 산 바위 위에 하늘은 멀어
산새가 구슬피 울음 운다.

구름 흘러가는
물길은 칠백 리

나그네 긴 소매 꽃잎에 젖어
술 익는 강마을의 저녁노을이여.

이 밤 자면 저 마을에
꽃은 지리라

다정하고 한 많음도 병인 양하여
달빛 아래 고요히 흔들리며 가노니……

율객(律客)

보리 이삭 밀 이삭
물결치는 이랑 사이
고요한 외줄기 들길 위로
한낮 겨운 하늘 아래 구름에 싸여
외로운 나그네가 흘러가느니.

우피(牛皮) 쌈지며 대모 안경집이랑
허리끈에 느즉이 매어 두고

간밤 비바람에
그물모시 두루마기도 풀이 죽어서
때묻은 버선이랑 곰방대 함께
가벼이 어깨에 둘러메고

서낭당 구슬픈 돌 더미 아래
여울물 흐느끼는 바위 가까이
지친 다리 쉴 젠 두 눈을 감고

귀히 지닌 해금의 줄을 켜느니.

노닥노닥 기워진
흰 저고리 당홍 치마
맨발 벗고 따라오던 막내딸년도
오리목 늘어선 산골에다 묻고 왔노라.

소나무 잣나무 우거진 높은 고개
아스라이 휘도는 길 해가 저물어
사늘한 바람결에 흰 수염을 날리며
서러운 나그네가 홀로 가느니.

산방(山房)

닫힌 사립에
꽃잎이 떨리노니

구름에 싸인 집이
물소리도 스미노라.

단비 맞고 난초 잎은
새삼 추운데

볕바른 미닫이를
꿀벌이 스쳐 간다.

바위는 제자리에
옴찍 않노니

푸른 이끼 입음이
자랑스러워라.

>

아스럼 흔들리는
소소리바람

고사리 새순이
도르르 말린다.

파초우(芭蕉雨)

외로이 흘러간 한 송이 구름
이 밤을 어드메서 쉬리라던고.

성긴 빗방울
파초 잎에 후둑이는 저녁 어스름

창 열고 푸른 산과
마주 앉아라.

들어도 싫지 않은 물소리기에
날마다 바라도 그리운 산아

온 아침 나의 꿈을 스쳐 간 구름
이 밤을 어드메서 쉬리라던고.

승무

얇은 사 하이얀 고깔은
고이 접어서 나빌레라.

파르라니 깎은 머리
박사(薄紗) 고깔에 감추오고

두 볼에 흐르는 빛이
정작으로 고와서 서러워라.

빈 대에 황촉불이 말없이 녹는 밤에
오동잎 잎새마다 달이 지는데

소매는 길어서 하늘은 넓고
돌아설 듯 날아가며 사뿐히 접어 올린 외씨버선이여.

까만 눈동자 살포시 들어
먼 하늘 한 개 별빛에 모으고

>

복사꽃 고운 뺨에 아롱질 듯 두 방울이야
세사에 시달려도 번뇌는 별빛이라

휘어져 감기고 다시 접어 뻗는 손이
깊은 마음속 거룩한 합장인 양하고

이 밤사 귀뚜리도 지새는 삼경인데
얇은 사 하이얀 고깔은 고이 접어서 나빌레라.

박두진 편

향현(香峴)

아랫도리 다박솔 깔린 산 너머 큰 산 그 너머 산 안 보이어 내 마음 둥둥 구름을 타다.

우뚝 솟은 산, 묵중히 엎드린 산 골골이 장송(長松) 들어섰고, 머루 다래 넝쿨 바위 엉서리*에 얽혔고 샅샅이 떡갈나무 억새풀, 우거진 데 너구리, 여우, 사슴, 산토끼, 오소리, 도마뱀, 능구렁이 등, 실로 무수한 짐승을 지닌,

산, 산, 산들! 누거만년(累巨萬年) 너희들 침묵이 흠뻑 지루함 직하매,

산이여! 장차 너희 솟아난 봉우리에, 엎드린 마루에, 확 확 치밀어 오를 화염을 내 기다려도 좋으랴?

핏내를 잊은 여우 이리 등속이 사슴 토끼와 더불어 싸릿순 칡 순을 찾아 함께 즐거이 뛰는 날을 믿고 길이 기다려도 좋으랴?

묘지송(墓地頌)

북망(北邙)이래도 금잔디 기름진데 동그만 무덤들 외롭지 않어이.

무덤 속 어둠에 하이얀 촉루가 빛나리. 향기로운 주검의 내도 풍기리.

살아서 섧던 주검 죽었으매 이내 안 서럽고, 언제 무덤 속 화안히 비춰 줄 그런 태양만이 그리우리.

금잔디 사이 할미꽃도 피었고 삐이 삐이 배, 뱃종! 뱃종! 멧새들도 우는데 봄볕 포근한 무덤에 주검들이 누웠네.

도봉

산새도 날아와
우짖지 않고,

구름도 떠가곤
오지 않는다.

인적 끊인 곳,
홀로 앉은
가을 산의 어스름.

호오이 호오이 소리 높여
나는 누구도 없이 불러 보나,

울림은 헛되이
빈 골 골을 되돌아올 뿐.

산그늘 길게 늘이며

붉게 해는 넘어가고

황혼과 함께
이어 별과 밤은 오리니,

생은 오직 갈수록 쓸쓸하고,
사랑은 한갓 괴로울 뿐.

그대 위하여 나는 이제도 이
긴 밤과 슬픔을 갖거니와,

이 밤을 그대는 나도 모르는
어느 마을에서 쉬느뇨.

별
—금강산 시 3

아아 아득히 내 첩첩한 산길 왔더니라. 인기척 끊이고 새도 짐승도 있지 않은 한낮 그 화안한 골 길을 다만 아득히 나는 머언 생각에 잠기어 왔더니라.

백화(白樺) 앙상한 사이를 바람에 백화같이 불리며 물소리에 흰 돌 되어 씻기며 나는 총총히 외롬도 잊고 왔더니라.

살다가 오래여 삭은 장목들 흰 팔 벌리고 서 있고 풍설(風雪)에 깎이어 날 선 봉우리 훌 훌 훌 창천에 흰 구름 날리며 섰더니라.

쏴아 — 한종일 내 쉬지 않고 부는 물소리 안은 바람소리…… 구월 고운 낙엽은 날리어 푸른 담(潭) 위에 호르르르 낙화같이 지더니라.

어젯밤 잠자던 동해안 어촌 그 검푸른 밤하늘에 나는 장

엄히 뿌리어진 허다한 바다의 별들을 보았느니,

이제 나의 이 오늘 밤 산장에도 얼어붙는 바람 속 우러르는 나의 하늘에 별들은 쓸리며 다시 꽃과 같이 난만하여라.

흰 장미와 백합꽃을 흔들며

눈같이 흰옷을 입고 오십시오. 눈 위에 활짝 햇살이 부시듯 그렇게 희고 빛나는 옷을 입고 오십시오.

달 밝은 밤, 있는 것 다 잠들어 괴괴한 보름밤에 오십시오. ……빛을 거느리고 당신이 오시면 밤은 밤은 영원히 물러간다 하였으니 어쩐지 그 마지막 밤을 나는 푸른 달밤으로 보고 싶습니다. 푸른 월광이 금시에 활딱 화안한 다른 광명으로 바뀌어지는 그런 장엄하고 이상한 밤이 보고 싶습니다.

속히 오십시오. 정녕 다시 오마 하시었기에 나는 피와 눈물의 여러 설운 사연을 지니고 기다립니다.

흰 장미와 백합꽃을 흔들며 맞으오리니 반가워 눈물 머금고 맞으오리니 당신은 눈같이 흰옷을 입고 오십시오. 눈 위에 활짝 햇살이 부시듯 그렇게 희고 빛나는 옷을 입고 오십시오.

연륜

—소향(蘇香) 형에게

소나무와, 갈나무와,
사시나무와 함께 나는 산다.

억새와, 칡덤불과,
가시 사이에 서서,

머언 떠나가는,
구름을 손짓하며,

뜻 없는 휘휘로운,
바람에 불리며,

우로(雨露)와 상설(霜雪)에도
그대로 헐벗고,

창궁(蒼穹)과 일월과 다만
머언 그 성신(星辰)들을 우러르며,

나는 자랐다.

봄 가고,
가을 가는 동안,
뻐꾹새며 꾀꼬리며,
접동새도 와서 울고,

다람쥐며 산토끼며,
사슴도 와 놀고 하나,
아침에 뛰놀던 어린 사슴이
저녁에 이리에게 무찔림도 보곤 한다.

때로—
초부(樵夫)의 날 선 낫이,
내 아끼는 가지를
찍어 가고,

>

푸른 도끼 날이
내 옆의 나무에 와 번뜩이나,

내가 이 땅에 뿌리를 박고,
하늘을 바라보며 서 있는 날까지는,

내 스스로 더욱
빛내야 할 나의 세기(世紀)……

푸른 가지는,
위로 더욱 하늘을 받들어
올라가고,

돌사닥* 사이를 뿌리는,
깊이 지심(地心)으로 지심으로
뻗으며,

>

언제나 틔어질
그 찬란한 크낙한 아침을 위하여

일월을 우러러,
성신을 우러러,

다만 여기 한,
이름 없는 산기슭에,

퍼지는 파문처럼,
자꾸 내 고운
연륜은 늘어 간다.

숲

진달래 붉게 피고,
두견새며 녹음 따라
꾀꼬리도 와서 울고 하면,
숲은, 새색시같이
즐거웠다.

우거진 녹음 위에 오락가락
검은 구름 떼가 몰리고, 이어, 성난 하늘에,
우루루루 천둥이며, 비바람에, 파란 번갯불이 질리고 하면,
숲은 후둘후둘 무서워서 떨었다.

찬비가 내리곤 하다가,
이윽고 하늘에 서릿발이 서고,
찬바람에 우수수수 누렁 나뭇잎들이 떨어지며,
달밤에, 귀뚜라미며 풀벌레들이 울고 하면,
숲은 쓸쓸하여, 숲은, 한숨을 짓곤 짓곤 하였다.

>

부연 하늘에서
함박눈이 내리고,
눈 위에 바람이 일어,
눈보라가 휩쓸고,
카랑카랑 맵게 춥고,
달이며, 별도 얼어 떨고,
부엉이가 와서 울고 하면,
숲은 옹송그리며,
오도도 떨며, 참으며,
하얀 눈 위에서,
한밤 내 울었다.

푸른 하늘 아래

내게로 오너라. 어서 너는 내게로 오너라. — 불이 났다. 그리운 집들이 타고 푸른 동산 난만한 꽃밭이 타고, 이웃들은 이웃들은 다 쫓기어 울며 울며 흩어졌다. 아무도 없다.

이리들이 으르댄다. 양 떼가 무찔린다. 이리들이 으르대며 이리가 이리와 더불어 싸운다. 살점들을 물어뗀다. 피가 흐른다. 서로 죽이며 자꾸 서로 죽는다. 이리는 이리와 더불어 싸우다가 이리는 이리와 더불어 멸하리라.

처참한 밤이다. 그러나 하늘엔 별 — 별들이 남아 있다. 날마다 아직은 해도 돋는다. 어서 오너라. ……황폐한 땅을 새로 파 이루고 너는 나와 씨앗을 뿌리자. 다시 푸른 산을 이루자. 붉은 꽃밭을 이루자.

정정한 푸른 장생목도 심고 한철 났다 스러지는 일년초도 심자. 잣나무 오얏 복숭아도 심고 들장미 석죽 산국화도 심자. 싹이 나서 자라면 이어 붉은 꽃들이 피리니……

새로 푸른 동산에 금빛 새가 날아오고 붉은 꽃밭에 나비 꿀벌 떼가 날아들면 너는 아아 그때 나와 얼마나 즐거우랴. 쉷게 흩어졌던 이웃들이 돌아오면 너는 아아 그때 나와 얼마나 즐거우랴. 푸른 하늘 푸른 하늘 아래 난만한 꽃밭에서 꽃밭에서 너는 나와 마주 춤을 추며 즐기자. 춤을 추며 노래하며 즐기자. 울며 즐기자. ……어서 오너라…….

설악부(雪岳賦)

1

부여안은 치맛자락 하얀 눈바람이 흩날린다. 골이고 봉우리고 모두 눈에 하얗게 뒤덮였다. 사뭇 무릎까지 빠진다. 나는 예가 어디 저 북극이나 남극 그런 데로도 생각하며 걷는다.

파랗게 하늘이 얼었다. 하늘에 나는 후 — 입김을 뿜어 본다 스러지며 올라간다 고요하다. 너무 고요하여 외롭게 나는 태고! 태고에 놓여 있다.

2

왜 이렇게 자꾸 나는 산만 찾아 나서는 겔까? — 내 영원한 어머니…… 내가 죽으면 백골이 이런 양지쪽에 묻힌다. 외롭게 묻어라.

>

꽃이 피는 때 내 푸른 무덤엔 한 포기 하늘빛 도라지꽃이 피고 거기 하나 하얀 산나비가 날아라. 한 마리 멧새도 와 울어라. 달밤엔 두견! 두견도 와 울어라.

언제 새로 다른 태양 다른 태양이 솟는 날 아침에 내가 다시 무덤에서 부활할 것도 믿어 본다.

3

나는 눈을 감아 본다. 순간 번뜩 영원이 어린다. ……인간들! 지금 이 땅 위에서 서로 아우성치는 수많은 인간들 —인간들이 그래도 멸하지 않고 오래오래 세대를 이어 살아갈 것을 생각한다.

우리 족속도 이어 자꾸 나며 죽으며 멸하지 않고 오래오래 이 땅에서 살아갈 것을 생각한다.

>

언제 이런 설악까지 온통 꽃동산 꽃동산이 되어 우리가 모두 서로 노래 치며 날뛰며 진정 하루 화창하게 살아 볼 날이 그립다. 그립다.

푸른 숲에서

—백천(白泉) 형에게

찬란한 아침 이슬을 차며
나는 풀섶 길을 간다.
영롱한 이슬들이 내 가벼운
발치에 부서지고,
불어오는 아침 바람—산뜻한
풀냄새에 가슴이 트인다.

들장미 해당꽃
시새워 피고,
꾀꼬리랑 모두 호사스런 산새들이
자꾸 나를 따라오며 울어 준다.
머언 산엔 아물아물
뻐꾹새가 울고—.

—금으로 만든 날갯죽지…… 나는 이런 풀섶에 떨어졌을 금날갯죽지를 생각하며, 옛날 어릴 적 동화가 그립다.
—쫓겨난 왕자와 공주의 이야기—

>

한 떨기 고운 들장미를 꺾어
나는 훈장처럼 가슴에 달아 본다.

흐르는 물소리와
산드러운 바람결

가도 가도 싫지 않은
푸른 숲속 길.

아무도 나를 알아 찾아 주지 않아도,
내사 이제 새삼 외로울 리 없어……

오월의 하늘은
가을보다도 맑고,

보이는 곳은 다 나의 청산
보이는 곳은 다 나의 하늘이로세.

어서 너는 오너라

복사꽃이 피었다고 일러라. 살구꽃도 피었다고 일러라. 너의 오래 정들이고 살다 간 집, 함부로 함부로 짓밟힌 울타리에 앵두꽃도 오얏꽃도 피었다고 일러라. 낮이면 벌 떼와 나비가 날고 밤이면 소쩍새가 울더라고 일러라.

다섯 묻과, 여섯 바다와, 철이야, 아득한 구름 밖 아득한 하늘가에, 나는 어디로 향해야 너와 마주 서는 게냐.

달 밝으면 으레 뜰에 앉아 부는 내 피리의 설운 가락도 너는 못 듣고 골을 헤치며 산에 올라, 아침마다 푸른 봉우리에 올라서면, 어어이 어어이 소리 높여 부르는 나의 음성도 너는 못 듣는다.

어서 너는 오너라 별들 서로 구슬피 헤어지고 별들 서로 정답게 모이는 날, 흩어졌던 너의 형 아우 총총히 돌아오고, 흩어졌던 네 순이도 누이도 돌아오고, 너와 나와 자라나던, 막쇠도 돌이도 북술이도 왔다.

>

눈물과 피와 푸른 빛 깃발을 날리며 너는 오너라. …… 비둘기와, 꽃다발과 푸른 빛 깃발을 날리며 너는 오너라……

복사꽃 피고, 살구꽃 피는 곳, 너와 나와 뛰놀며 자라난 푸른 보리밭에 남풍은 불고 젖빛 구름 보얀 구름 속에 종달새는 운다. 기름진 냉이꽃 향기로운 언덕, 여기 푸른 잔디밭에 누워서, 철이야 너는 너는 닐 닐 닐 가락 맞춰 풀피리나 불고, 나는, 나는, 두둥싯 두둥실 붕새춤 추며, 막쇠와, 돌이와, 북술이랑 함께, 우리, 우리, 옛날을 옛날을, 뒹굴어 보자.

장미의 노래

내 여기 한 이름 없는
작은 마을에 태어나

바람과 토양과 부모와
따사한 햇볕에 안겨 자랐으나

어머니의 젖
달큰한 젖의 품을 벗어나
외따로 걷는 마을 길에 서서
처음 우러러 하늘을 볼 때부터

이내 자고 새면 그리워 온
머언 그
또 하나 나의 하늘.

바람 부는 벌판
두견 우는 골짝

>

내 청춘은
한 사람 살뜰한 연인도 없이
걸어와

눈물은 항시
서럽고 맑은 시의 이슬로
결정(結晶) 짓고

한숨은 묶어
떠나가는 구름과 바람에 실어
보내며

다만 깊이
내 안에 가꿔 온 것
붉은 장미는—

언제 새로 바라는 하늘이 열려

찬란히 트이는
아침에사 피리라.

다섯 묻과 여섯 바다에
일제히 인류가 합창을 부르는 날

그때사마저 내 또 머언 곳에
외로이 설지라도

나의 시 아끼는 나의 눈물은
스스로의 장미 위에
영롱히 다시 이슬지어 빛나리라.

*

18쪽 〈가느른〉의 바른 현대어 표기는 〈가는〉이지만 시적 효과를 고려해 원문의 표현을 그대로 둔다. 다음 시 「연륜」에서도 동일하게 표기하였다.

20쪽 〈살눈섭〉은 〈속눈썹〉을 뜻한다.

28쪽 〈부연〉은 〈처마 서까래의 끝에 덧얹는 네모지고 짧은 서까래〉를 뜻한다.

36쪽 〈의희하다〉는 〈어렴풋하다〉의 뜻이다.

37쪽 〈찹다〉는 〈차다〉의 방언이다.

47쪽 〈엉서리〉는 〈벼랑〉의 방언이다.

56쪽 〈돌사닥〉은 〈돌멩이가 아주 많은 험한 산길〉을 뜻한다.

해설

박목월, 조지훈, 박두진과 『청록집』

박목월은 본명이 영종(泳鍾)이며, 1916년 1월 경상북도 경주에서 태어났다. 1929년 건천보통학교를 졸업하고 1930년 대구 계성학교에 입학했다. 1932년부터 동요와 동시를 투고하였고 1933년 현상 당선되어 동요 시인으로 등단했다. 1934년부터 동향 선배 김동리를 만나 친교를 맺는다. 목월은 1939년 창간된 『문장』이 이병기, 정지용, 이태준 등을 심사위원으로 한 신인 추천제를 실시했을 때 시 두 편을 투고하여 첫 추천을 받았다. 해방 이후 김동리의 권유로 청년문학가협회에 가입하여 조지훈, 박두진 등과 교류했다. 1947년에 대구 계성학교 교사로 부임했다가 1949년 서울 이화여고의 교사가 되었다. 1950년 조지훈, 박두진 등과 함께 시 전문 잡지 『시문학』을 발간하지만 전쟁으로 인해 창간호만 내고 말았다. 1955년 첫 번째 개인 시집 『산도화』를 내었다. 이후 목월은 1978년 사망할 때까지 활발한 문단 활동과 창작 활동을 펼치며 많은 시집과 수필집을 내었다. 목월의 초기 시는 자연에 바탕을 둔 독특한 미학을 절제된 언어로 표현하였으며, 중기 이후에는 생

활과 현실에 밀착된 삶의 진실을 적절한 시 형식 속에 담아 표현하여 많은 수작들을 남겼다. 한국 현대시사에서 목월은 미당과 함께 가장 폭넓은 시세계를 구축했던 시인이라고 할 수 있다.

조지훈은 1920년 경상북도 영양에서 태어났다. 어린 시절 영양보통학교에 다니는 한편 조부에게 한학을 배웠다. 1934년에는 와세다 대학의 통신강의록을 공부했다. 1936년 상경하여 조선어학회에 관계하며 번역과 습작 등을 했다. 1939년과 그 이듬해에 「고풍의상」과 「승무」, 「봉황수」를 투고하여 『문장』의 추천을 받았다. 1941년 혜화전문학교를 졸업했으며 오대산 월정사 불교강원에서 불경을 강의하기도 했다. 해방 후, 한글학회와 진단학회에 참여했으며, 경기여고 교사를 거쳐 1948년에 고려대학교 교수로 부임했다. 6·25 전쟁 때에는 문총구국대 기획위원장을 맡아서 활동하였다. 1952년에 첫 개인 시집 『풀잎단장』을 간행하고 이듬해 시론집 『시의 원리』를 펴냈다. 이후 조지훈은 마흔아홉의 짧은 생애 동안 여러 분야에서 많은 업적을 남겼다. 그는 행동하는 지식인으로서 독재 정권에 항거하였으며, 지조 있는 선비로서 어지러운 시대의 어른 노릇을 하였다. 국학자로서 우리 민족 문화에 관한 많은 선구적 연구 업적을 남겼으며, 또 시인으로서 동양적 미학을 구현한 많은 시와 산문을 남겼고 문단에서도 주도적인 역할을 하였다. 1968년 지병으로 사망하였다.

박두진은 1916년 경기도 안성에서 태어났다. 1939년과 그 이듬해에 정지용의 추천으로 『문장』에 「향현」, 「묘지송」 등을 발표하여 등단했다. 1946년 김동리, 조연현, 서정주, 박목월 등과 함께 조선청년문학가협회 결성에 참여했다. 1949년 첫 개인 시집 『해』를 발간했다. 박두진의 초기 시는 반복이 많고 빠른 호흡의 형식으로 자연을 예찬하였다. 그러나 그가 예찬한 자연은 실제 자연이라기보다는 형이상학적이고 종교적인 성격을 지닌 관념적 자연에 가까운 것이었다. 6·25 전쟁 이후 박두진의 시는 현실의 모순과 부조리에 대해서 많은 관심을 표한다. 그의 삶과 시는 올곧은 정신으로 당시의 부패한 정치적 상황에 대해 비판적 자세를 취했다. 『거미와 성좌』(1962)와 『인간밀림』(1963)은 시인의 현실 비판 의식을 강하게 보여 주는 시집들이다. 그러나 1970년 이후에 박두진의 관심은 다시 형이상학적인 존재의 문제로 돌아갔다. 『사도행전』, 『수석열전』, 『고산식물』 같은 시집에서 그는 인생의 궁극적 가치를 깊이 탐구하여 절대적이고 종교적인 경지를 보여 준다. 박두진은 1981년 연세대에서 정년 퇴임을 한 이후에도 여러 권의 시집과 산문집을 펴내며 왕성한 활동을 보여 주다가 1998년 여든둘의 나이로 사망하였다.

『청록집』은 박두진이 근무하던 을유문화사에서 『문장』 추천 시인의 공동 시집을 발간하자는 기획 아래 〈자연 지향〉의 공통적인 시세계를 추구하는 목월, 두진, 지훈 세 사람의 시를 모은 시집이다. 이들은 1939년을 전후하여 『문장』을 통해 등단한 젊은 시인들로, 해방의 감격 속에서 1946년 공동 시집을 내게 된다. 대표 저자는 박두진으로 되어 있다. 시집의 제목은 박목월의 시 「청노루」에서 따온 것인데, 이 때문에 이들 세 시인은 〈청록파(靑鹿派)〉라 불리게 되었다. 박목월의 시 15편, 조지훈과 박두진의 시가 각각 12편, 전부 39편의 시가 실려 있다. 장정은 김용준이, 시인 소묘는 김의환이 맡았다.

『청록집』의 세 시인들은 모두 자연을 즐겨 노래한다. 그들은 자연에서 아름다움과 위안과 가치를 구했고 자연에 의탁해서 삶의 고달픔과 시련을 표현했다. 그래서 이들은 〈자연파〉라고 불리기도 한다. 그러나 세 시인의 자연은 같은 자연이 아니며, 또 자연을 노래하는 방식도 서로 다르다.

박목월의 자연은 인간 세계로부터 멀리 있는, 다소 신비한 느낌을 주는 자연이다. 어떤 면에서는 도교적인 자연과 가깝다고 할 수도 있다. 청노루와 청운사와 보랏빛 석산과 산도화가 있는 자연이며, 정적인 듯하지만 그 속에 미세한 움직임들이 있는 공간이다. 이러한 미학적 공간으로서의 자연은 익숙한 느낌을 주지만 사실은 박목월이 창조한 것이다. 이 미학은 영원한 향수의 대상이 될 수 있고 위안의 대상이 될 수 있는 이상적 자연의 모습이라고 할 수 있다.

박목월은 이러한 미학을 특유의 짧은 시행과 절제된 언어 그리고 조사의 생략 등을 통해서 효과적으로 구성하고 있다.

조지훈의 자연은 민족 정서나 불교 정서와 밀접하게 연관되어 있다. 그러므로 그 자연은 오래된 전통적 공간으로서의 자연이며 또한 이미 존재하는 근원적 질서라는 의미에서의 자연이다. 조지훈은 자신이 추구하는 정신적 가치나 삶의 지혜나 역사적 교훈이나 근원적 질서를 자연 속에서 찾는다. 전통적인 미학을 아름답게 형상화한 「승무」 같은 작품에서 승무는 그 자체로 거의 자연처럼 느껴진다. 조지훈은 그러한 자연의 그윽하고 고요한 분위기를 때로는 단정한 율격으로 때로는 유장한 가락으로 표현한다. 그의 전아한 고전적 시풍은 전통적인 미학과 결합하여 고고한 정신의 경지를 보여 준다.

박두진은 원시적이고 건강한 생명력의 표상으로서의 자연을 노래한다. 그의 자연은 정적인 동양적 자연이라기보다는 서구적 자연이다. 그리고 현실의 자연이라기보다는 상상 속의 자연이다. 박두진은 기독교적 상상력으로 자연 속에서 구원을 구한다. 그의 기독교적 상상력은 어둠으로 덮인 현실 너머에 있는 광명의 세계로 가 닿는다. 자연은 온갖 생명이 조화를 이루고 생의 즐거움을 구가하는 환희의 공간이다. 박두진은 이러한 자연을 꿈꾸며 종교적 이상을 표현하기도 하고 또 높고 당당한 정신적 가치를 표현

하기도 한다. 그 표현 방식은 잦은 반복과 감탄 그리고 활달한 리듬 등이다. 그래서 「해」 같은 작품에서 잘 드러나듯이, 그의 시는 매우 역동적인 느낌을 준다.

세 시인은 일제 말기의 암흑기에 등단한 불우한 시인들이지만, 그 절망적 상황에서 민족의 언어와 정신을 지켜 우리 현대시사의 공백기를 메운 자랑스러운 시인들이다. 해방 후 세 시인의 『청록집』이 주목받은 까닭은, 이 시집이 해방 전과 해방 후의 한국 현대시를 연결하는 가교 역할을 하였으며 또 새로운 시대의 젊은 시인들의 출현을 보여 주었기 때문이라고 할 수 있다.

이남호(고려대학교 명예교수)

편자의 말

한국 현대시를 대표할 만한 시집들의 초간본을 다시 출간하는 일은 과거를 오늘에 되살리는 일이라기보다는 점점 과거 속으로 사라져 가는 것에 새로운 생명을 부여하여 여전히 오늘의 것이 되게 하는 일이라고 생각한다. 한국 현대시 100년의 역사는 많은 훌륭한 시집을 남겼다. 많은 훌륭한 시집들이 모여서 한국 현대시 100년의 풍요를 이루었다고 말할 수도 있다. 그러한 시집들을 계속 살아 있게 하는 일은 시를 사랑하는 사람의 의무일 것이다.

그러나 이러한 작업은 겉으로 드러나지 않는 수고와 신중함을 많이 요구한다. 첫째는 대표 시인을 선정하는 어려움이다. 수많은 시집들을 편견 없이 재검토해야 하는 수고도 수고지만, 선정과 배제의 경계에 있는 시집들에 대해서는 많은 망설임과 논의가 있어야 했다. 대표 시인 선정 작업이 높은 안목과 보편타당한 기준에 의해서 이루어졌는지는 시간을 두고 전문 독자들에 의해서 판단될 것이다.

두 번째 어려움은 표기에 관련된 것이다. 사실 20세기 전반기의 우리 출판과 한글 표기법의 수준은 보잘것없다.

맞춤법, 띄어쓰기, 행 가름, 연 가름 등에는 혼란스러운 곳이 많고 오식으로 보이는 부분들도 많다. 그것들은 오늘날의 독자들에게 혼란과 거북함을 줄 뿐만 아니라, 작품의 이해를 방해하기도 한다. 그리고 다른 지면에 인용될 때마다 표기가 달라지는 결과를 낳기도 한다. 근대 초기의 많은 문학 작품들을 오늘날의 표기법으로 잘 고쳐서 결정본을 확정 짓는 작업이 시급하다고 할 수 있다. 이러한 생각에서 시적 효과를 지나치게 훼손하지 않는 범위 안에서 표기를 오늘에 맞게 고쳤다. 그러나 시의 속성상 표기를 고치는 일은 조심스럽지 않을 수 없다. 단어 하나, 표현 하나마다 시적 효과와 현재의 표기법 그리고 일관성을 고려해서 번역 아닌 번역 작업을 해야 했다. 이러한 작업이 원문의 분위기를 어느 정도 훼손하는 것은 어쩔 수 없었다. 또 어떻게 고쳐야 할지 판단이 서지 않는 부분도 꽤 있었다. 어쩌면 표기와 관련해서 노력한 만큼의 성과를 얻지 못했는지도 모른다. 그러나 이러한 작업의 축적을 통해서 작품의 결정본을 만들어 나갈 수 있을 것이며, 또한 오늘의 독자에게 친숙한 작품이 될 수 있을 것이다.

초간본의 재출간 아이디어를 최초로 낸 사람은 열린책들의 홍지웅 사장이다. 그분의 남다른 문학 사랑과 출판 감각 그리고 이 작업에 대한 전폭적인 지원에 존경심을 표하고 싶다. 그리고 시집 선정과 표기 수정 및 기타 작업은 이혜원, 신지연, 하재연 선생과 팀을 이루어 했다. 이분들의 꼼꼼함과 성실함에도 존경심을 표하고 싶다. 이 총서가 문학 연구자들뿐만 아니라 일반 독자들에게도 널리 그리고 오래 사랑받기를 바란다.

이남호

한국 시집 초간본 100주년 기념판

청록집

지은이 박목월 박목월은 본명이 영종(泳鍾)이며, 1916년 1월 경상북도 경주에서 태어났다. 1932년부터 동요와 동시를 투고하였고 1933년 현상 당선되어 동요 시인으로 등단했다. 1955년 첫 번째 개인 시집 『산도화』를 내었다. 이후 1978년 사망할 때까지 활발한 문단 활동과 창작 활동을 펼치며 많은 시집과 수필집을 내었다.

조지훈 조지훈은 1920년 경상북도 영양에서 태어났다. 1934년에는 와세다 대학의 통신강의록을 공부했다. 1939년과 그 이듬해에 「고풍의상」과 「승무」, 「봉황수」를 투고하여 『문장』의 추천을 받았다. 해방 후, 한글학회와 진단학회에 참여했으며, 경기여고 교사를 거쳐 1948년에 고려대학교 교수로 부임했다. 1952년에 첫 개인 시집 『풀잎 단장』을 간행하고 이듬해 시론집 『시의 원리』를 펴냈다.

박두진 박두진은 1916년 경기도 안성에서 태어났다. 1939년과 그 이듬해에 정지용의 추천으로 『문장』에 「향현」, 「묘지송」 등을 발표하여 등단했다. 1949년 첫 개인 시집 『해』를 발간했다. 1981년 연세대에서 정년 퇴임을 한 이후에도 여러 권의 시집과 산문집을 펴내며 왕성한 활동을 보여주다가 1998년 여든둘의 나이로 사망하였다.

지은이 박목월 · 조지훈 · 박두진 **책임편집** 이남호 **발행인** 홍예빈 · 홍유진
발행처 주식회사 열린책들 **주소** 경기도 파주시 문발로 253 파주출판도시
전화 031-955-4000 **팩스** 031-955-4004 **홈페이지** www.openbooks.co.kr

ISBN 978-89-329-2220-1 04810 **ISBN** 978-89-329-2209-6 (세트)
발행일 2022년 3월 25일 초간본 100주년 기념판 1쇄

초간본 간기(刊記) 발행 1946년 6월 6일 **저자 대표** 박두진 **발행소** 을유문화사(서울 종로 영보빌딩) **전화** 광화문 3492